그래서 그것은 나의 '격려'가 되었다

그래서
그것은 나의
'격려'가 되었다

당신 마음속의
희망과 연결되기를

카이 마유미

좋은땅

머리말

이 책을 동생에게 바친다.

이 책은 격려의 마음을 담아 쓴 책입니다.
기분이 가라앉았을 때, 뭔가 막혔을 때, 슬플 때 우리는 누군가
의 말과 배려로 마음이 가벼워지거나 희망을 가질 수 있습니다.

자기 자신에 대해서도, 타인에 대해서도 '격려'라는 것이 필요합
니다.
왜냐하면 그것이 내일을 향한 활력이 되기 때문입니다.
저 자신도 이 책을 쓰고 있는 동안 솔직히 말해서 그다지 최상의
상태라고는 할 수 없었지만, 이상하게도 책을 쓰면서 구원을 받
았습니다.

이 책 속에는 제가 지금까지 구원받았던 말도 쓰여 있습니다.
제가 그랬듯이 이 책을 읽어 준 당신에게도 그런 '격려'가 되기를
바랍니다.

내가 쓴 말들이 당신 마음속의 희망과 연결되기를.

진심을 담아 M. K

목차

1.

인간과 인생

아빠

아빠에 대해서는 별로 할 말이 없어

추억이 하나도 없거든

서로 마주 보고 웃었던 적도

싸운 적도

이야기 나눈 적도 없어

그럼에도 우리 아빠임은 틀림없어

아빠에게는 아무런 기대도 하지 않아

그냥 행복하게 살았으면 좋겠어

그렇게 바라고 있어

우리 아빠니까

엄마

지금까지 정말 엄마처럼 되고 싶지 않다고
그렇게 생각하고 있었어
왜일까?
엄마의 고독을 느껴서 그럴지도 모르겠어
저렇게 '자기 생각만 하는'
그런 사람은 견딜 수 없었어

밝고 유머러스한 사람이지만
함께 살고 싶지는 않아
하지만 싫어하는 건 아니야
사람은 변하는 법
엄마도 달라진 듯한 느낌이 들 때가 있어
지금 생각해 보면 엄마도 엄마 나름대로 후회하고 괴로워했던
것 같아 보여
엄마도 사람이니까 어리석은 부분도 있다는 걸
정말 최근에야 이해할 수 있게 됐어

할아버지

내가 어렸을 때, 밤에 울면서 울음을 그치지 않았을 때
나를 등에 업고
밤새도록 히나마츠리[1] 노래를 불러 주었어
그때의 달과 밤하늘
내가 안심할 수 있는 장소
내가 사랑스럽게 여겨지는 따뜻한 추억

---

1 3월 3일, 여자 어린이의 성장을 축하하는 전통 축제.

미인의 기준

어렸을 때, 친척 중에 엄청 미인이라는 소리를 듣는 아이가 있었
는데
그 아이랑 같이 서 있으면 모두 그 아이만 주목하니까
나는 미인이 아니라고 생각했어
커서 왠지 주변에서 예쁘다는 말을 듣게 되었어
그때 생각했지
미인이란 주변 사람들 기준으로 정해지는 것으로
나라나 장소가 변하면 미인의 기준도 바뀐다고

무슨 말을 하고 싶냐면
우리 대부분이 주변 영향을 받아서
자신이 틀림없다고 믿고 있는 것이 있다는 것
사실은 그렇지 않을 수도 있다는 것을
기억해 주었으면 좋겠어

야생적

시련 따위 괜찮아
이 정도면 됐다고
나를 지켰지만
사실은 어려움이 닥치면
이렇게 연약한
내 속에 잠들어 있던
야생적인 부분이 눈을 떴다
그리고
난 내가 생각했던 것보다 더
'강한 사람'이라는 걸 깨달았다

인내

인내라는 말은 별로 좋아하지 않았어

괴로울 것 같고

견디는 이미지니까

하지만 경험해 보니 조금 달랐어

조급해하지 않고 침착한 자세를 취하는 것이었어

정말 나를 위한 것이라면

내 앞을 지나가지 않는다는 걸

아는 거였어

같음

지금까지와 같은 반응을 보인다면
지금까지와 같은 결과밖에 얻지 못한다

내 자리

외계인인 걸까?

도무지, 어디에도 내 자리가 없어

어디에 있어도

마음에 와닿지 않아

어딘가에 분명히 있을 거라고

찾고 있지만

아직 찾지 못했어

내 자리를 원해

나밖에 할 수 없는 것

계속, 어렸을 때부터 찾고 있어

내 자리

기다림

'사람은 무언가를 기다리고 있다'

누군가로부터의 연락

누군가의 결단

누군가의 대답

운명의 상대

운명의 직업

하지만

그중에는 기다릴 가치가 없는 것도 있을지 모릅니다

외계인

그녀는 외계인

어떤 어려움도 우아하게 극복해

마치 처음부터 스토리를 알고 있는 것 같아

지구에서의 경험을 맛보고 있는 걸까?

어떤 슬픔도

괴로움도

그녀를 아름답게 만드는 것 같아

정말 이상한 사람이야

그녀는 외계인인 게 틀림없어

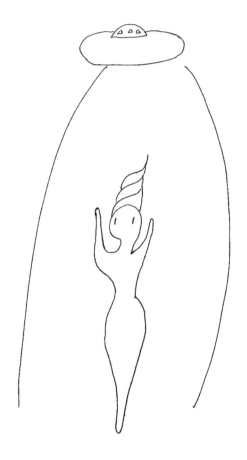

폭풍

폭풍이 올 것 같다

바람이 거세지고

하늘에는 먹구름이

나무들은 술렁거린다

창문을 열면

커튼이 나부껴

달그락달그락 소리를 낸다

평소에는 싫은 기분이 드는데

오늘은 왠지 그렇지도 않다

이 바람이 뒤에서 변화를 밀어 주고 있는 것 같아서

이 바람을 타자!

이 바람은 지금의 나

작은 기쁨

당신의 소망에 대해서
무엇 하나 잘되고 있지 않을 때도
오늘 하루의
사소한 기쁨에 의식을 돌리는 것은
앞으로
당신이 강해져서
소망을 이루기 위한 힘이 됩니다

잃다

그렇게 잃는 것을 두려워하지 마
잃는 것을 두려워하는 것만큼
잃어 보면
별것 아니었던 게 대부분이야

몇 번이라도

몇 번이라도 다시 시작한다

비록 노력 끝에

지금까지 했던 모든 것이 헛되게 느껴져도

무슨 일이 있어도 다시 일어나서

몇 번이라도 다시 시작한다

그것이 산다는 것

무거운 짐

처음에는 자신 있어서

열심히 힘내서

해 왔는데

안 돼서

점점 자신이 없어져서

자신을 믿지 못하게 돼서

그래도 포기할 수 없어서

이제 정말로

이게 마지막이라고

마음먹고

마음의 무거운 짐을 버렸을 때

세상이 바뀌었다

꿈

꿈을 포기할 타이밍이라는 건 언제지?

그 타이밍이 오지 않는 한

꿈은 이루어진다!

슬픔

발끝부터 찡하게 슬픔이 올라와서
가슴 언저리에서 단숨에 부풀어 올랐다
그리고 몸 전체를 슬픔으로 채운다
그 넘치는 듯한 슬픔이
눈물이 되어 눈에서 넘쳐흐를 때
아, 나는 내가 생각한 것보다 더
슬퍼하고 있었다는 것을 깨달았다

자유

자유를 원한다면
고독이나 불편함을
받아들일 각오가 필요하다

오랜만

오랜만에 친구와 이야기하면서

아무런 변화도 없는 자신이

어쩐지 아주 작아 보였다

바뀐 건

짧아진 머리와 마음뿐

혼자

혼자가 훨씬 편하다는 건
확실하게 말할 수 있지만
가족이 있는 게 좋은 이유는 하나
크리스마스와 설날에
외톨이가 되지 않는다는 것이다

어머니가 이야기하신다

어머니가 이야기하신다

내가 듣는다

어머니가 이야기하신다

내가 고개를 끄덕이다

어머니가 이야기하신다

내가 눈물을 흘린다

어머니가 이야기하신다

내가 웃는다

어머니가 이야기하신다

내가 구원받는다

왠지

왠지 오늘은 나잇값도 못 하고
엄마가 만든 밥이 먹고 싶다
배부르게 먹고 싶다
차가워진 마음을
따뜻하게 하고 싶다

다다르고 있다

왜냐

그녀는 순진한데

몹시

길치인데

자기 욕망은 알고 있다

가식적인 웃음은 하지 않지만

눈물을 흘릴 정도로 웃을 때가 있다

그녀는 게으른데

다다르고 있다

그런 그녀를 보면서

나는 빙글빙글 돌고 있을 뿐이야

붉은 달

왜 그래?

왜 화났어?

무슨 일이 있었어?

평소에는 쿨 하고

품위 있게 빛나는데

오늘은 평소와 다르게

이렇게 가까이 느껴져…

사랑

사랑은 영원함

그 이외에는 전부 장난

섞이다

창문으로 햇빛이 들어온다

하늘이 높고 푸르다

멀리서 헬리콥터 지나가는 소리

조용한 오후

평화롭고 평범한 오후

희망과 고독이

따사로운 햇살 속에서

섞이는 오후

어려움

어려움은 그 사람이 극복할 수 있는 것만

찾아오지 않는다

이 말에 얼마나 구원받았는지

잘못

사람은 과거에 저지른 잘못을 죽기 전까지

청산해야 한다

그때가 언제 올지는 사람마다 다르다

빗소리

하늘이 어두워지기 시작했다
비가 내리기 시작했다
창밖에서 빗소리

졸졸
보슬보슬
흘러간다
나의 더러운 감정이
가슴을 지나쳐
마음을 적시고
흘러간다
졸졸
보슬보슬
이대로
모든 것을 긁어 모아
모든 것을 흘려보내 주면 좋을 텐데…

술

오늘은 마시고 싶다
화이트 와인으로 부탁해

조금만 긴장을 풀어도 좋다
뇌를 쉬게 해 주고
음악을 틀고
그것에 취하자
지금, 여기
지금, 열정
지금, 평화
나 지금, 이 순간

당신은

당신은 쉽게 얻을 수 있는 성공으로
만족할 사람이 아닙니다
쉽게 얻을 수 있는 성공은
쉽게 사라져 버린다

모두 가 버렸다

모두 먼저 가 버렸다

나는 여기 남겨졌다

모두 빛나 보여요

나는 혼자이다

아무것도 보이지 않는다

뭐가 잘못되었나

나만이 어둠 속에서 혼자

어떻게 하면 좋을까

소리쳐도 아무도 반응해 주지 않는다

땅바닥에 드러누워

힘이 빠져나간다

이대로 사라져 버릴 것 같다

겨우 숨 쉬고 있다

여러 가지 소리도 들어오지 않는다

이제 뭘 해도 안 된다고 한다

마음속 어딘가에서 생각한다

누워서

천장을 바라보는 것밖에 할 수 없다

나는 여기 남겨졌다

모두 가 버렸다

YES

창문에서 갑자기 빛이 들어왔다
태양이
나에게 말을 건다
강하게 강하게
눈이 부셔서 눈을 뜰 수가 없다
태양이
나에게 말을 건다
YES
그리고 YES

돌아가는 길

꽤 돌아가고 있다
누군가 잘되는 모습을 보고
"역시, 안 되겠네"
라고 중얼거린다
약해져 있는 자신이 있다
하지만, 마음속 깊은 곳에서
포기하지 않은 자신이 있다
그러니까, 고민한다
누가 성공했다고
내가 성공하지 못할 거라는 건 아니야
나는 나의 길을 간다
설사 돌아갔다고 해도
이것이 나의 길이니까…

킨츠기(KINTSUGI)

부서진 마음

갈라진 금

이젠 원래대로 돌아갈 수 없다고 생각했는데

부서진 마음을 이어 붙여 고친다

갈라진 금이 아름다운 무늬가 된다

그리고 죽음과 재생을 경험한 자들처럼

격렬할 정도로 아름답게 거듭나다

마치

쇠붙이처럼…

크리스마스

크리스마스 노래가 들린다

가슴이 스르르 추워진다

마치 크리스마스는

자신과는 관계없는 것 같은

관여하고 싶지 않을 것 같은

그런 기분이 들다

하지만 크리스마스는 그런 것을 신경 쓰지 않고

나에게 덤벼든다

점점 다가오다

종이 계속 울린다

용서하다

"용서해"라고 자주 말하지?

그럴 때 말이야, 그게 상대방의 행동을 정당화한다는 거야?

'그럴 수가 없잖아'

이런 생각을 하지?

그것은 지당한 일이야

알고 있어

하지만 말이야,

그런 건 아니고

그 용서할 수 없는 감정을 넘겨 버려야 해

누구한테?

신이야

네가 믿고 있는 무언가라도 좋아

"부탁합니다"라고 넘기는 거야

폭탄을 언제까지나 가지고 싶은 사람은 아마 없겠지?

"용서할 수 없어"는 폭탄 같은 느낌이야

폭탄이라면

빨리 손에서 떼고 싶지?

죽고 싶지 않으니까

폭탄에서 떼면 말이야

나머지는 신이 처리해 주실 거야

언제까지고 당신이 그것을 가지고 있으면

신도 아무것도 할 수 없으니까…

그런 거야

그런 거예요

순리에 맡긴다

자기 뜻대로 하려고 한다는 것은
자기를 믿지 않는다는 거야?
자신을 믿을 수 있을 때
우리는, 순리에 맡길 수 있다
그리고, 처음으로 해방된다

자유분방

뭔 자유분방한 척하고 있어?

자유분방이라는 것은 자신에게 손해가 되더라도
자기 감정에 따른다는 거야

거짓말

거짓말은 사람을 상처 주고
자신의 세포에게도 상처를 준다

진실되게 살아갈 때

사람은 진실되게 살아갈 때

자신에게 확신을 가진다

좋은 방향

좋은 방향으로 가고 있을 때에는
불안보다 설레는 감정이 더 커진다

무덤

비탈길을 올라간다

오싹오싹한다

올라간 곳도 무덤투성이다

오른쪽 봐도, 왼쪽 봐도 무덤이다

다리가 꼬일 것 같다

추워서 축축

아무도 없어요

꽃은 시들고 갈색으로 변해 있다

불편하다

도망치고 싶은 기분이야

왠지 지옥과 비슷하다

죽고 나서

살아 있을 때 주위에 애정을 주며
살지 않는 사람은
죽고 나서, 버려지는 것과 같다
죽고 나서, 그 사람을 만나러 가고 싶다고
생각되는 삶을 살아야
행복한 인생이었다고 할 수 있다

정글

흑표범이 이쪽을 보고 있다

건너편은 뜨겁고 붉은 하늘

새가 머리 위를 날아간다

두려움과 기대가 뒤섞여 있다

이 뭐라 말할 수 없는 열기 속에서

지구의 고동과 나의 고동이 하나가 되어

온몸의 피가 물결친다

내 몸은 되살아나고

떨림과 함께

성공이 다가올 것을 예감한다

雪(눈)

방금까지 늘 보던 경치였는데

꽃처럼 눈이 내려와서

주위가 하얗게 변했다

기분 좋다

마치 다쳤을 때 감는 붕대

나를 둘둘 말아서

지켜 주고 있어

조용하고 신성하다

아무것도 안 해도 돼

그냥 자고 가끔 밖을 내다보기만 하고

마음에 쓸데없는 것을 넣으면 안 돼

필요 없으니까 말이야

신성함과 고요함을 받아들이자

나의 신성함은 아무도 더럽힐 수 없다

이 눈처럼

에너지 보존 법칙

이젠 다 써 버려서

자신에게는 아무것도 남지 않은 것처럼 느껴져도

예전에 당신이 가지고 있던 에너지는

지금도 그대로 당신 안에 존재하고 있다

상태가 변화했기 때문에

잃었다고 믿고 있을 뿐입니다

당신은 아무것도 잃지 않았습니다

그것은, 지금도 당신 안에 존재하고 있습니다

포기하지 않았어

내가 고개를 떨구고
웅크리고 있다고 해서
체념하고 있다고 생각하지 말아 주게
지금은 단지 멈춰 있을 뿐이야
1밀리도 포기하지 않았어
웃기지?
하지만 진짜야

절규

이대로 쭉

이 그물에서 헤어 나올 수 없는 것일까?

무서워서 움직일 수 없다

그런 자신에게도 화가 나서

슬퍼져서

이대로 좋은가?라는 질문에

싫어! 싫어!

영혼이 울부짖는다

당연함

괴로움에서 벗어나는 방법은
당신의 인생에서 지금 축복받은 것에 대해
당연하다고 생각하지 않는 일이다
비록 그것이 자신의 욕망과는 달라도…
누구에게나 축복받은 곳이 하나는 있을 것이다

정리

방 정리가 다 끝나고
깔끔해진 옷장을 보고 느낀 점은
나는 멋쟁이가 되고 싶구나라는 것

사람이 무섭다

내가 좋아하는 코코 샤넬[2]의 말 중에 이런 것이 있습니다
"나는 사람이 무서워. 말단 직원도, 내 모델들도 모두 무서워
다행인 것은 이 사실을 아는 사람이 거의 없다는 점이다"
그 위대한 일을 해낸 코코 샤넬조차도
이런 섬세한 면이 있었던 것입니다

---

2 고아원에서 자라 자수성가한 디자이너 브랜드 샤넬 창업자.

남들과 다르다

"바꿀 수 없는 존재가 되기 위해서는

남들과 달라야 한다"

이 말도 제가 좋아하는 코코 샤넬의 말 중 하나입니다

남들과 다른 일로 고민하던 저는 이 말에 위로를 받았습니다

최선

이제 과거에 일어났던 일들을
끙끙 생각하고 후회하지 말자
그렇게 보이지 않을 때조차도
누구나 그 순간 그 사람 나름대로 최선을 다하고 있었던 것입니다

2.

사랑

사랑 에너지

사랑 에너지가 감돌 때는
두 사람 사이에 여유롭고 차분한 공기와
자유로운 에너지가 존재하고 있다

이별

이별이 다가오면

가슴이 답답하고

너무 불안해서 안절부절못하고

어떻게든

잘 해결할 방법이 없을지 고민하며

초조해하기도 하지만

더 이상 할 수 있는 게 없어서

그럼 깨끗하게 헤어지는 게 낫겠다고 생각하다가도

다시 한번…

이라는 생각도 하지만

그 대답은 이미

알고 있어

관능

관능적이라는 것은
자연의 향기를 맡고
모든 향기에 민감하고
미각을 즐길 수 있고
타협하지 않고
감촉을 의식하고
하루를 마무리할 때는 아름다운 것을 보고 싶다고 생각하는 그
런 것
관능과 모든 풍요로움은 연결되어 있다

정열

당신 마음에 희미하게 싹튼 작은 불꽃

당신은 눈치채지 못했을지도 몰라

하지만 그건 정열의 불

그 불이 꺼지지 않게 해

정열은 모든 것을 다 태워 버리고

당신을 분발하게 만들어

가야 할 길로 이끌어 줘

설령 그 불을 끄려고 하는 자가 있더라도

결코 그 불을 끌 수는 없어

당신이 자기 손으로 그 불을 끄지 않는 한

믿고 있어

믿고 있다고
쑥스러워서 바로 말할 수는 없지만
믿고 있어

LOVE

작약화

언뜻 보기에 심플한 인상

눈에 띄고 싶어 하는 것 같지는 않아

좀처럼 얼굴을 보여 주지 않아

부끄럼을 잘 탈지도 몰라

하지만 한 번 마음을 열면

너는 다른 사람이 돼

화려하고, 아름답고, 맑아

그런 작약화는

마치 너와 같아

결점

이런 말을 들어 본 적이 있습니다

"아름다움은, 결점 안에 있다"

그렇다면 결점은 사랑해야 할 대상이 될 것 같습니다

이용

사람을 이용하려고 생각하는 사람은

사람에게 사랑받고 있지 않다고 생각하는 사람

아파할 때

상대방이 아파할 때
가장 필요한 것
절대 조언하지 않는 것
그냥 옆에 있는 것
그것뿐

대부호의 말

세계에서 유명한 대부호가 이런 말을 했다

"성공이란 자신을 사랑해 주길 바라는 사람으로부터 사랑받는 것"

만트라

나를 사랑하지 않는다면, 나를 떠나 주세요
자, 지금 당장

인연

좋은 인연이란 기브 앤 테이크로
되어 있다

돌고래

돌고래야
서로 장난치며 놀았구나
텔레파시도 느꼈구나
바닷속은 좋아…

쓸데없는 것은 아무것도 없어
항상 그랬으면 좋겠는데 말야
이제 갈게
바이바이 또 봐
고마워!

작은 별

빨간 하트를 너에게 보낸다
빨간 하트를 품은 당신을
행성으로 날렸다
아주아주
멀리 날아갔다
이 별에 오려면
100년이 걸린다
이제 나는 살아 있지 않는다

나는 행성에 혼자가 되었다
한동안은
꽃을 키우고 고양이와 살자
그 후에는
어딘가의 별로 여행을 떠날지도 모른다
이 작은 별들과도
안녕…

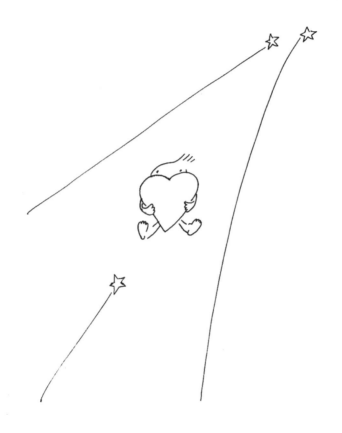

장검

장검이 하트에 꽂혔다
피가 났다···
그중 하트는 딱딱
피도 흐르지 않는다
어떻게 하면 원래대로 돌아갈까?
좀 더 눈물을 흘리면
하트도 젖어서
부드러워질까?
모르겠어
장검은 그대로
하트에 꽂힌 채로

나의 컵

컵이 깨졌다
마음에 들었는데
매일 아침 함께였다

토끼 그림이 그려져 있고
마시는 가장자리가 금빛
촉감을 좋아했다
볼 때마다 설레었다
그런데 슬프지 않았다
컵과 동시에 무언가 부서졌다
안녕 토끼야
안녕 나의 컵

핑크 마음

달콤한 디저트
핑크 속옷
부드러운 향기
상냥한 포용
이대로라도 괜찮다고 말해 줄 누군가
두근대는 뭔가

그것들이 자궁을 채울 때
나는 나를 사랑한다

복숭아

분홍색의 얇은 베일

섬세하고 상처 입기 쉬운 하얀 피부

조금이라도 다치게 하면

너는 망가질 것 같다

네가 거기에 있는 것만으로

나를 달콤한 기분으로 만들어 준다

너를 만질 때

나는 나를 맑게 할 수 있다

그리고

나는 결코 너에게 상처 주지 않는다

너를 소중히 대해야 한다는 것을

너의 피부가, 생각나게 한다

펄펄

눈이 펄펄 내리고 있다
카페에서 보이는 마당의
나무들에는 하얀 눈이 쌓여 있다
오늘 밤 하늘은 눈이 빛나고

넘칠 것 같은 크림을
숟가락으로 뜨면서
반짝이던 마음이 되살아난다
눈이 펄펄 내리고 있다
크림 속에 숨어 있다
뜨거운 커피를 마시고 싶다

하얀 신발

전부터 계속 신경이 쓰였다

자랑스럽겠지?

너랑 있으면 어디든 갈 수 있을 것 같다

하지만

새하얀 너를 더럽히고 싶지는 않아

비 오는 날은 너를 지킬 거야

웅덩이에는 들어가지 않으니까 안심해

맑은 날은 멀리 가자

지금은 너와 함께 있고 싶어…

뉴욕 카페에서

오전 10:00
너와 약속했다
뉴욕 카페에서

아직 그렇게 사람이 없네
나는 아메리카노, 너는 카푸치노
〈just the two of us〉
반가운 노래가 흐르고 있다
너와 단둘이

너는 창밖을 보고 있다
너는 선글라스를 벗고 느닷없이 이렇게 말했다
"이 광경 전에 본 적이 있어요"
너에게 햇살이 비치고 반짝반짝 빛나 보였다

이 얼마나 멋진 아침인가

이런 기분은 오랜만이야

나는 아무 말 없이 미소를 지으며 커피를 마셨다

왠지 오늘은 좋은 예감이 들어

뉴욕 카페에서 너와 단둘이

사과

사과가 많이 왔다

너를 배낭에 넣고 나는 여행을 떠난다

너는 강하고 의지할 수 있는 녀석

같이 있어 줘서 기뻐

네가 있으면 용기가 생긴다

처음 가는 장소라 해도 아무렇지도 않아

사소한 일로는 상처 받지 않을 거야

사과, 사과

내 동료들

네가 있으면 이런 나라도 강해질 것 같다

신뢰

신뢰가 없는 곳에는 사랑이 존재하지 않는다

고양이는 모두 알고 있다

고양이는 웃지 않는다

고양이는 따르지 않는다

고양이는 소리를 내지 않는다

고양이는 원하는 곳에서 잔다

고양이는 먹이를 원할 때만 운다

고양이는 붙임성은 없지만

슬플 때

언제나 잠자코 곁에 있어 주고 있다

고양이는 변덕이 심하다

하지만

고양이는 다 알고 있다

속박

속박은 진실된 사랑이 아닐 것이다

나와 양말의 관계

서랍에 넣는다

새 양말을

알록달록해서 마음에 든다

양말 무늬는 다른 사람은 보지 못할지도 모른다

하지만 내가 마음에 드는

서랍을 열었을 때의 두근거림이

그것이 나와 양말의 관계

너의 손

우연히 닿은 너의 손이

눈처럼 차가워서

나도 모르게 가슴이 철렁 내려앉았다

나의 세포

세포는 정직하다

설령 스스로 깨닫지 못하더라도

자신을 소중히 여기지 않고

자신을 등한시하다 보면

화를 낸다

불만

사귀고 있을 때
상대방에 대해
이미 품고 있는 불만은
결혼하고 나서도 달라지는 것이 없다고 생각해도 좋다

납득

변해야 할 것은 상대가 아니라
당신 자신입니다
라는 말을 듣고
묘하게 마음이 안정되었다

계기

말하게 된 계기

좋아하게 된 계기

만나게 된 계기

사귀게 된 계기

자신이 변하게 된 계기

밖에 나가게 된 계기

공부하게 된 계기

그 일을 하게 된 계기

나는 '계기'에 따라 변화해 간다

아마

나는 무엇에 상처를 받아 화를 내고 있는가
아마, 당신은 모를 거야

내면

사실 모든 문제는
내 안에 있었던 것입니다
오래전부터
그 사실을 이제야 깨달었어요⋯

눈과 춤을 춘다

손과 발이 얼음이 되었다
눈이 흩날리고 있다
눈이 나를 꾀러 왔다
나는 눈과 춤을 춘다
눈은 나를 놀라게 하려고 한다
나는 조금 까불거린다
눈은 나를 축복한다
고마워
나는 눈과 춤을 춘다

3.
개인과 사회와 신

자신감

자신감이 없으니 성공하지 못한다
자신감이 넘치니까 성공하는 건가
성공했으니까 자신감이 있는 건가
그 어느 쪽도 사실이 아니다
자신감이 없어도 성공한 사람은 많이 있고
성공한다고 자신감이 있는 것도 아니다
자신감이 있으니까 인기 있는 것도 아니다
자신감은 항상 그 자리에 존재하는 것도 아니다
실패하면 누구라도 자신감을 잃는다
그럼 무엇이 인생을 좌우할까?
행동하는가, 하지 않는가
오직 그것만이 인생을 좌우한다

역전

어떤 남자가 꿈을 가진 젊은이에게 말했다
"자네에게는 재능이 없네"
5년 후, 입장이 역전되었다
그 남자는 꿈을 이룬 젊은이에게 말했다
"자네는 그렇게 될 거라고 생각했네"
인간이라는 건 그런 존재야
그러니까
아직 너에게 아무것도 없을 때에
실망스러운 말을 들었다고 해서
그대로 받아들이면 안 돼

자신의 공적

자신의 공으로 삼고 싶을 거야
어차피 너에게는 무리라고
생각하고 있지 않아?
세상 모든 사람이 그렇다고 생각하지
너도 그중 하나야?
자신의 공으로 삼아도 괜찮아
당신에게는 그럴 자격이 있어

칭찬하다

사람은 상대방이 가장 자신감을 가질 수 있는 말을 알고 있지만
어쩐지
말해 주려고 하지 않습니다
말해 주면 자신의 평가가 낮아질 거라고 생각하는 듯합니다

중요한 정보

남들과 비교하면
행복도가 떨어진다는 것을 알고 있지만
우리는 얼마나 SNS를 사용하고 있는 걸까?
정말로 중요한 정보는 SNS에서는 오지 않아

다음은 당신

누군가가 성공했다고 해서

당신이 성공하지 못하는 것은 아닙니다

당신 주변에 성공한 사람이 있다면

당신에게도 그 기회가 다가오고 있다는 것입니다

그러니 기뻐해 주세요

다음은 당신입니다

비록 지금 잘되지 않더라도

타이밍이 찾아옵니다

끈기 있게 기다려 주세요

럭셔리

럭셔리한 호텔

럭셔리한 식사

럭셔리한 가방

하지만 어째서인지 채워지지 않아

뭔가를 원해

보이지 않는 것으로 채워지고 싶어

다름 아닌 사랑이야

선택받은 자

이 타이밍에 왕이 되었다

축복은 잠깐

평화를 바라고 있었는데

전쟁이 시작되었다

여러 것들이 점점 없어져 갔다

그러나 그는 항복하지 않았다

자유를 얻기 위해서다

인간이 말했다

"이 타이밍에 왕이 되다니 얼마나 비극적인 왕인가"

신이 말했다

"그는 선택받은 사람이다"

"그가 아니면 이룰 수 없다"

신

자기를 신이라고 하는 놈은 변변찮은 놈이다

내가 사랑하는 반려동물이 그렇게 가르쳐 줬어

평가

타인의 평가를 신경 쓰면 안 된다

잘못된 방향으로 갈 수도 있기 때문이다

기도

손을 깨끗이 한다
입을 깨끗이 한다
걷는다
절을 한다
걷는다
계단을 오른다
절을 한다
기도한다
절을 한다

그때, 이렇게 느꼈다
"별거 아니잖아?"라고
그리고, 계단을 내려온다
또, 걷기 시작한다

prayer

1월 11일

오늘 밤은 술로 건배하자!
진수성찬을 준비하고
술을 따르고
술로 몸을 적시자

술은 몸을 타고 흘러 하늘로 돌아간다
북을 울리며 하늘을 우러러본다
노래를 부르고 춤을 추자
오늘은 축하하는 날이다
신들에게 경의를!
나에게 경의를!
신, 나와 함께 있길!

리더

튀고 싶어하는 사람은 리더가 될 수 없다

그럴 리가 없다

만약 이 세상이 선과 악의 판단도 모호하고
악이라도 대충 통한다면
신은 존재하지 않게 된다
그럴 리가 없다

소문

남의 소문을 듣고 그대로 받아들이는 사람은
언제나 진실에서 눈을 돌리고 있는 사람
사실일 수도 있고
그렇지 않을지도 모른다
진실이 어떤지 궁금해하는 것
소문에 휩쓸리지 않기 위해

이카로스

자신을 결코 신으로 착각하는 것은 아니야

그리스 신화에 나오는 이카로스처럼 되고 싶지 않다면…

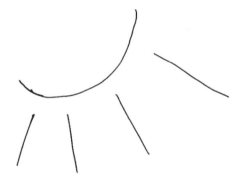

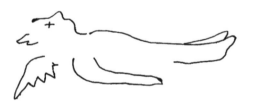

싸구려 바겐세일

여러 가지 정보가 너무 많지 않은가
몰라서 좋은 것까지 알려고 하지 않는가
왠지 정보라기보다는
싸구려 바겐세일 같지 않은가
저쪽도, 이쪽도, 이쪽도, 이쪽도
뒤죽박죽하게
갖고 싶은 것은 하나도 없다
정신이 산만해지지 않아?
마음이 우울해지지 않아?
영향을 너무 많이 받고 있지 않은가
정말 필요한 정보는 다른 곳에서 올 거야

책

책으로 배우고 싶은 사람이 있으면
실제 경험으로 배우고 싶은 사람도 있다
어느 쪽이라도 좋아…
좋지 않은 것은 아무것도 느끼지 못하는 것

감사의 말

정말 믿을 수 없어

고마워!

나의 지금까지 인생

기쁜 일도 싫은 일도 있었다

그 덕분에 이 순간이 있어요

지금까지 있었던 모든 일에 감사드립니다!

그리고 저와 관련된 모든 사람들에게 감사를 보냅니다

정말, 정말, 고마워요!

그 모든 것에 감사드립니다

그래서 그것은 나의 '격려'가 되었다

ⓒ 카이 마유미, 2023

초판 1쇄 발행 2023년 6월 5일

지은이   카이 마유미
펴낸이   이기봉
편집   좋은땅 편집팀
펴낸곳   도서출판 좋은땅
주소   서울특별시 마포구 양화로12길 26 지월드빌딩 (서교동 395-7)
전화   02)374-8616~7
팩스   02)374-8614
이메일   gworldbook@naver.com
홈페이지   www.g-world.co.kr

ISBN   979-11-388-1956-5 (03810)